天地遥迢

赶 阔 ◎ 著

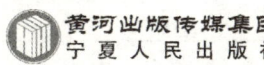
宁夏人民出版社

图书在版编目(CIP)数据

天地遥迢 / 赶阔著. —银川：宁夏人民出版社，2018.10
（阵地文丛 / 白麟主编）
ISBN 978-7-227-06964-5

Ⅰ.①天… Ⅱ.①赶… Ⅲ.①诗集—中国—当代 Ⅳ.①I227

中国版本图书馆CIP数据核字（2018）第232574号

阵地文丛　　　　　　　　　　　　　　白　麟 主编
天地遥迢　　　　　　　　　　　　　赶　阔 著

责任编辑　李彦斌　陈　浪
责任校对　赵学佳
封面设计　朱振涛
责任印制　肖　艳

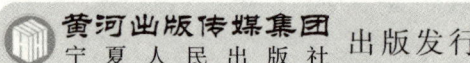出版发行

地　　址　宁夏银川市北京东路139号出版大厦（750001）
网　　址　http://www.yrpubm.com
网上书店　http://www.hh-book.com
电子信箱　nxrmcbs@126.com
邮购电话　0951-5052104　5052106
经　　销　全国新华书店
印刷装订　陕西天丰印务有限公司
印刷委托书号（宁）0011205

开本　889mm×1194mm　1/32
印张　8　　　字数　110 千字
版次　2018年10月第1版
印次　2018年10月第1次印刷
书号　ISBN 978-7-227-06964-5
定价　40.00元

版权所有　侵权必究

自 序

近年闲时稍多。情切于现实,得暇时回望跨年累月的人世春秋,不禁感怀,笔端难寂。

踏雪有痕。城市村庄,国内海外,山川河海。

童年往事,青壮伤悲,人生悠远。一次次撞击心灵的峡谷。

山响谷鸣,脑际震颤。听从心的召唤,写下风雨,写下血泪,写下春暖夏热,写下冬雪秋霜。任凭所看所想的奔流穿透一道道往昔今日堆垒的坚壁,把心说给世界听。

岁月的脚步点点滴滴都留印在二十四小时无间断的跳动里。听到鼓声阵阵,听到洋溢漫天的飞舞。时代潮头上丰富多样的声音响起,合成了格调丰盈的时代之声,叫引着人们奋斗向上的情味和冲动。

生活有诗,情路通达。粘怀碾绪,波澜推摩,难免不惊。

诗是心中的纯酿,芬芳天成。

诗,用另一种方式表达的生活。生活里还有没说尽的话。生活还有另一个层面的感悟。

没有诗的生活只剩下一副光秃的骨架。

没有诗,生活只是呆板的模象,而风采、风情、色调、情感蕴藏在诗的羽翼上。

诗是从表情到灵魂对人类的构建。

热爱生活,更应该珍爱和收藏有诗的生活。

该怎样用诗的筐斗,量倒出我心底的那一曲曲情丝、感动。

感谢生活的馈赠,感叹世间百态多丽,感怀起伏跌宕的人生潜润。

我是游侠,还是飘荡的风客?也许是我的心长了翅膀,飞着诗的风景。

捡来几朵小花,拾到几枚彩石,街上几根小草,呈现在临街的窗口。

或许你还没来得及看它一眼,但是我轻悄悄地站在那儿,想用眼光编织一面大大的屏幕,幻想着得到你的青睐。

我匆匆飞过,人生的境遇眨眼间稍纵即逝。

我的轨迹久已模糊,再三擦拭,以诗的作为汇聚成这一小段春秋。

其中涵盖了:

从城市到乡村,从国内到国外的地域跨度。

山山水水道真情,红旗展处就是我的祖国之爱。

古今读睹感而发,笨钝秃笔难穷尽的倾心搂抱。

亲情、友情、乡情、山水情。四情同在,情情笃深。己可忘,情难料,心深处的宝。我人生旅途续航的理由和内动力。正如"八月归乡湖上饮""山坡夜话""见到妈妈易泪流"等。

也常常为偶得小小的道理而窃喜。

对现实更多的赞美,也有轻风细雨似的批判。

把自己装进诗去流浪,去飘转。

回到过去找丢失,剥扫厚厚的封尘,清理旧物,除锈见闪光。

来到现实，俯视遍地珠玑，不贪不厌，竭尽情力，能拿多少捡多少。

　　漂向未来，探求未知。用诗的视相看觉更丰善的田野。每一粒土都高贵，每一缕阳光都珍贵。

　　路上行，让吟咏赶走寂寞。对未来的探索吸引着生命不停的心跳。现实的不确定，不断涌现的"巧遇"，热心捡起化作诗中闪光的星星。

　　路上行，过去和未来，一条长长的油绳。由诗的光芒点亮暖暖的提示。

　　走过的路，无悔。

　　未走的路，直行。

　　感动，是灵魂的活化石，是思想在阳光下的跳动。在月明星闪的夜空中遨游。

　　春风腾起的风筝，与大鸟共翔于原野的上空。俯瞰家园，着目宇宙。

　　天高地广。地有多广，必在蓝天伞盖之下。天高地广，不及水大。一小片湖塘便能盛下满天星斗，便能化日为二，便能溶月于两分。即使一口井，也能吞吐日月星辰，井底有水，井底有天。

　　至于以井底之蛙喻人见识狭隘，虽千古成语，确是大误全错。水不因井窄而狭。辛勤之人不知懒惰之笨，贪懒之人不知勤奋之苦。

　　日月之光不亏寸土，普照详全。同受其明，同得其暖，言诵不及，诚为懈怠，才微能低。笔不言钝，笔耕不辍。唱日月之辉煌，奏星光之灿烂。"之"而不已。

　　日光无疲，晨辰叫起。更兼有闻鸡催发。月光无怠，不忍夜暗。有亮在，夜不寐。敞光寥廓，用而得俱。发文捉字，留心于章。奏报天恩，谢月扶犁。能把光辉和朗照留于书卷之里，虽死犹欢。

让自己化作一块泥土，种下星光，种下日明，种下月朗。在那般烂漫的景界里，重塑我的天真无邪。我成长在日月之光里。成长中那些低格窄局，脏腐陈臭被分解净化。如佛如道，修性断俗。

　　我拿着我的诗，在阳光的焚烧中涅槃，在月色的浸润中洗礼。在红尘中一无所有开始的时候，走向新的更富有的一无所有。

2017年10月23日

目 录

风语听心

三岔河 / 003

山楂林 / 007

蔷薇之恋 / 010

百年柳下 / 012

到过黄河的松花江 / 014

兄弟！我走了 / 016

花的海 / 018

太阳之手 / 021

钓 / 023

渭河情 / 025

忆 / 028

寻找生长诗的地方 / 030

久别的根据地 / 031

草堂思绪 / 032

苍天一杯酒 / 034

再别故地 / 035

忠实无愧 / 037

忽然有一天，我发现…… / 039

又是一年黄花香 / 040

太阳出来 / 045

乡思难了 / 047

九儿 / 050

靖边日落 / 052

茴香河站 / 054

查干湖 / 056

你是如此的诗人 / 058

故宫 / 061

沙漠之光 / 063

马赛马拉大草原 / 065

马赛马拉的早晨 / 066

致小萱草 / 068

开心小妞 / 069

村庄、小木屋情思 / 071

楼 / 074

春秋漫旅

春风 / 079

土地 / 081

家 / 083

人何处 / 084

清江 / 085

直白 / 086

星星的眼睛 / 088

山坡上的阳光小屋 / 090

塬上一幅画 / 092

错过 / 094

就这样 / 095

迪拜印象 / 097

山坡夜话 / 098

白鹿原 / 103

地球之船 / 104

等待 / 107

渴望 / 108

钱 / 110

痴情碰 / 111

相怜鸟 / 113

亲爱的人 / 115

我不能像狗一样 / 116

阳光土 / 118

叶情潇潇 / 120

夜空星语 / 122

我的小路 / 123

排队体检 / 124

工厂广播 / 125

观茵香河两岸山壁 / 128

想东北 / 130

钻机工人 / 133

栾树红了 / 135

找媳妇 / 136

基辛格 / 139

走了，MAGDI先生 / 141

走四方 / 144

盼天黑 / 146

山上月 / 147

云上诗 / 148

再等待 / 150

日月之光

我喜欢 / 155

树皮上的猜想 / 156

别墅 / 158

人不亲，土还亲 / 160

老了 / 163

应该 / 164

土掉进水里 / 165

肤色的联想 / 166

运气碰壁 / 168

想想这辈子 / 170

哎呀妈呀 / 172

萨尔图机场 / 173

赤水河 / 174

遵义 / 177

强颜欢笑 / 180

远方的呼喊 / 181

赞美的话 / 183

酒鬼要狗命 / 185

迷惑 / 188

意外 / 190

给孩子安装未来 / 192

秋叶的记忆 / 194

堂皇 / 195

星球计划 / 197

嘎哈媳妇 / 199

石头记 / 201

水 / 204

风筝 / 207

荒火 / 208

酒吧 / 210

麦地 / 211

表妹 / 212

握手 / 213

躲悬 / 214

父亲 / 215

古贵 / 217

过年 / 219

理由 / 221

另一种节俭 / 222

一个初二学生的心路历程 / 224

等待樱花林的苏醒 / 226

没什么理由 / 228

站在新年的街口 / 229

昨夜的电视剧 / 233

不代表没有 / 235

初发 / 237

你的幸福，别人的累 / 240

我是生活的记录员 / 241

字里行间跳动着自己的"心电图"
　　——《阵地文丛》总跋　白麟 / 243

风 feng
雨 yu
听 ting
心 xin

三岔河

2014年5月,回家乡探望母亲。

家乡三岔河没有河,其实早就没有了。

儿时,倒是有一条窄窄的小溪——我猜想那也许是凶猛的开荒引水时期的幸存者。

那时候我一直认为它就是河,两岸还生长着灌木丛。在野鸭下蛋和青蛙鸣叫的时节,它是孩子们的乐园。

我曾经和父亲下到河沟里,用"须滤"(一种用柳条编成的口阔、颈细、肚大的圆形捕鱼工具)堵过泥鳅。

一直到我上大学的时候,那条小溪依然潺潺地流动在深沟里。可是,两岸已经没有了青草和灌木。

可是,可是呀,再也听不到鸟儿翅膀的扇动。

可是,他们哪,后来的孩子们哪,再也得不到如我一样的童年的天堂!

可是,可是呀,我讲的故事就中断在孩子们渴望而又羡慕的目光里。我在罪过的压迫下逃掉了。

后来,不知道哪一年,小溪也消失了。

但是,怀念的脚步总是把我带回到小溪曾经流淌的地方。

  我不止一次地，徜徉在那条轻缓的轨迹上，总是觉得小溪还在下面流动着。

  我不止一次地，在呼唤里，把思念的热泪化成了霜和冰。

  今天，我走过这条消失的河流。

  又回到了那段美好的时光，我对她说——

你曾经是一条河流
流过了平展的土地
土地就在春风里
刮起了一片新绿

你曾经是一条河流
从绵延叠嶂的山谷里
流向无边的原野
大自然的万态生机
都裹系在你的怀抱里

你是一条充满童话的河
我的家园就安放在
你的魂魄里

你拯救了干渴的大地
你孕育了无数的梦想

你充满了无尽的回忆
你翻新了荒凉的草原

你曾经是一条河流
有了你，鱼欢鸟唱
有了你，童戏叟望
你是天堂的支架
你是欢乐的广场

你曾经是一条河流
没有你，原野这般枯寂
没有你，大自然在憔悴中
消失了灵性
仿佛地球都是人造的
你是万物的家
你是生命的源

今天，我走过你的身旁
一股股浸润的芬芳
涌进我的情怀

你是我心中的河
不管是苦难还是欢乐
你永不干涸
就像星星长在夜空里

你将烙印在无边的
沧海桑田

你曾经是一条河流
把童年的记忆
飘载到无边的远方

山楂林

一

好想登上这片山冈
那绿色的诱惑骚动着我的心
山路用崎岖羁绊着登攀
仿佛在惶恐中隐藏着将要被揭开的神秘

走过高树
走过遮天的藤蔓
忽然
一个忽然的坠落
把我跌落在一片白色的花海

一种恍惚灼烧我的双眼
蜂在唱歌
花在跳舞
野林深处
欢闹的山楂林

双脚不再是身体的从动
它今天被牵引
它今天是这幻境的奴仆
蜘蛛的网在空中建立封锁
拂去脸上一道道黏黏的捆绑
向楂林深处捧出亲吻

甜甜的酿悬浮在森林的小屋旁
远山飘来渭河的风

二

在春天耕种培土的时候
把美丽的梦埋在山楂树下
叩拜苍天,感谢你,阳光雨露
你是我日夜不休的守望
山楂树

在夏天送走春天的第一个早晨
把山楂花的第一道甜挂上蜜蜂的翅膀
对着村庄,感谢你,我的亲娘
你是我日夜不休的守望
山楂树

在秋天层林尽染的时候

把火红的相思缀满枝头
望穿秋水,感谢你,丹心铁血
你是我日夜不休的守望
山楂树

蔷薇之恋

想说，我爱你
忐忑总是阻滞着声音的到达
想说，我爱你
几回回伸手碰到柔软的藤锯，锋利的齿
这一次，鼓足了勇气
可是心虚断开了句子的结构
她问道
没听清，再说一遍？
机会就在眼前
我想坚强地高喊
一阵狂风撞了我的腰

想说，我爱你
在花蕾初萌的时候
面对你青涩的天真
于心不忍

想说，我爱你
在吐蕊喷芳的季节

那些嗡嗡扇闪的嘈杂
阻隔着秋水
望眼欲穿

想说，我爱你
在灿烂缤纷的浪涛里
面对你的款款婀娜
唇抖眉低

想说，我恨你
眼神封锁了我的喉咙
你攀援高枝去装点异族的高雅

想说，我想你
你妩媚翩跹
一群闺蜜偎你伴舞
我羞羞的憨傻成就了别人的先机

春夏争鸣秋瑟萧萧冬寒凛冽
在风雪中把你守候
用目光去温暖那花瓣的颤抖

我爱你
繁华过后
我爱你
寒夜里默默地陪伴

百年柳下

满身伤痕,阅尽人间春色
五百年的沧桑
写在裸露的干枯上
五百年的病痛
写在虫子爬出的曲线上
五百年的风把身躯扭转成不倒的劲
五百年的万千气象锤炼了根和枝的肌块

五百年不倒
只剩下几道树皮像绷带包扎着伤痕累累
就是这几道皮输送着稀疏的绿叶
就是这几道皮把对根的腐烂转送给太阳去燃烧
树皮呀树皮,多么真实而伟大的侍卫
支撑着枝叶去托举阳光的灿烂
在虫咬雷劈中捍卫着根的安宁和干的挺立
树皮呀树皮,多么真实而伟大的史者
你写就的历史是天空下
如歌如诗的长卷

有谆谆教诲
有润物无声

这坚强而毅然的挺立
渺小了我的坚强
这悠久不凡的阅历
汗颜着我的肤浅
站在一本活的史书前
我因无法读懂它的全部
而惴惴不安

它是浩瀚的
虽穷尽毕生
亦无法达到它的彼岸
但是否我可以秉承它的精神
坚强、隐忍、进取、持久
走向明天以后的时光

到过黄河的松花江

是亿万年前的约定,催促我来到你的身边。
任凭高山大壑,没有阻止激荡在心头的仰望。
我用到达的痛哭,
我用基督的虔诚,
一次黑与黄的握手。

是云彩的混合,把我的奔放装进你的激荡。
交响。
奋勇。
激越。

是翱翔的舞动,炫示更加高远的瞩望。
我无法掩饰增进的力量,向万里的空阔搏击。
呐喊。
腾飞,剑指苍穹。
引领。
北望着故乡的山林。
激动着浑身的骄傲。

是冷和暖的交融,混合了力与美的特质。
风再动,
温度成长的新禾矫健。
润苏了干裂。
味道塞满了空气的间隙。

啊,欢娱的汇聚,赢得力量,补充智慧。
挺拔。
向上。
我们一同冲撞大海的门框。
去翻动更深更邃的海洋之底。

兄弟！我走了

昨天，到沙漠井场驻地和大家告别。欲言离辞词穷口，万般别绪上心头。我说，只是说；"兄弟！我走了。"

兄弟！我走了
愿你是沙漠的一团火焰
把意志的刚练成

兄弟！我走了
愿你是沙漠的一棵树
一片绿叶
一缕阴凉

兄弟！我走了
愿你是沙漠的一片云彩
暗夜里
飘进我的梦

兄弟！我走了

愿你是沙漠的一条小路
让沉甸甸的怀恋
走向远方的家

兄弟！我走了
愿你是沙漠的小草
在我的心土里葱茏

兄弟！我走了
愿你是沙漠的欢笑
哪里有石油
哪里就是我的家

兄弟！我走了
把深深的惦念带走
每当太阳高照的时候
你脚下的沉重
在我的心上

兄弟！我走了
把深情留下
每当大海嘶鸣
都唤醒我无边的思念

花的海

看漫山遍野的燃情绽放
在如海的花里
在花的海里
独听到欢声笑语阵阵
这一片，还有那一片画一样多彩的海
湮没了赏花人和种花人的身影

还有那听不见的欢乐
挂满枝头
花不是闪耀的一枝空梦
它开满了农家人的期望
它寄托着乡亲们一年的生活
它冲动着每一天地早出晚归

闲悠的赏花人
你可知道
花前花后的两重艰辛
每一朵鲜花都记录着汗水的温度

在鲜花晶莹的笑靥里
你是否
看到了一张张风霜尘染的面庞
看到了一个个荷锄躬耕的身影
不是每一朵花都能结出秋天的果实
看花的美是满满的幸福和惬意的快乐
看花的果是无法足心的痛苦和忐忑的等待

看花的人
受爱和自我陶醉的驱使
偏情于开动照录设备
把自己生硬地挤入花丛之中
不被关注的花的意愿黏黏着惆怅和无奈
莫问花相配，不管花喜怒
扳枝擒花揽入怀
殊不知
在花的映衬下
他捡拾的只能是一生中最丑陋的瞬间

赏花的人
受到爱和心灵感遇的驱使
偏情于用微笑和鲜花对话
把自己快活地融入花海之中
用温润的暖意去烘托花的意愿
默默侍花伴，花开香入鼻

珍枝慰根谢花睟
安可知
花情深浓天高海阔不能贾
与花亲伍朋四海，暗香逸梦心自仙

在长江两边
在黄河左右
峦谷塘岸
蜜路上累睡的蜂儿——最奔忙的花媒
用辛勤收获了一整个春天的甘甜
蜜蜂用飞翔的旅行诠释了
花不仅美丽而且甜蜜
蜜蜂飞舞，熊犬朝天

这是什么风景？
叫我流连忘返
啊！
那一片海，花的海
那一片蜂蝶争闹的原野
……

太阳之手

太阳用成长的温热来描绘大地的图画
昨夜的新露把早晨的清野悄悄打湿
编织的细软和轻柔的润笔
叶林间传颂着清泉的歌唱
花丛里飘洒着美好的忙碌

白云剪裁出素雅的轻纱
要打扮太阳的靓颖
赤裸裸的强大照耀了大地
彩虹阵阵

多么强大的照耀
描绘了季节的姿容
波动了春夏秋冬的温度
唤醒了风霜雪雨的行踪

雷鸣闪着龙的剧痛
呼唤着江河的咆哮

激动着大海的高潮
翻腾着沙石的飞走

拨开云雾
宁静的欢乐复苏了成长
阳光普照
小草儿停止了哭泣

轻轻抚摸
安详地酣睡
高畅地飞翔
焦虑和恐惧再次体验空闲的寂寞

太阳用成长的冲动来驱动大地的精灵
今天的新图闪耀着往日的辉煌
再不吝啬再不矜持踏响新的追逐
走过苍莽的大林走过无际的天垠
向着风的无边向着光的无限

钓

呆傻地等待
愚蠢地上当
一场博弈
交换了心跳和死亡
静默中猜想游走的轨迹
犹豫着别人的焦急
用贪婪和侥幸的斗争
换取一口要命的美味

一场不见面的没有硝烟的战争
一层浅水内外的惊心动魄
所以之所以
披星戴月废寝忘食
一场见了面的兴奋与丧葬共舞的游戏
一次隔空对视的饥饿无仇
所以之所以
欢乐开怀痛哭流涕

磻溪河上最美的风景
一支细细的鱼竿钓取了江山的舵轮
那亘古难再的神钓啊
不再是血腥的欲望之战
而是双赢的握手
更是双慧的乘和

渭河情

走过你
心跳加速
总想说,总想喊
想高喊一声
"我爱你"
就是喊不出来
是不是我对你的思恋还不够炽烈?
是不是我对你的情还不够火热?

太深太久的眷恋
都刻录在血脉里
一滴水一杯奶
成就了我每一寸的身高
无论走到哪里
即便是地球的背后
你的黄泥还粘在我的脚上
你的彩色的流石还挂在我的胸前
你的无法消除也不可能消除的印记呀

刻骨铭心

你悄悄地注视我们恋爱的表情
你招来鸳鸯助阵
你让白鹭发来短信
再三絮叨"务必拿下"

欢乐时
你在桥上张灯结彩
你舞动每一座飘带、彩虹
愁苦时
你用浪花的微笑宽我释怀
悲伤时
你用一道道涟漪来擦抹我的痛

春天来了
你用咆哮的激情催我奋进
夏天来了
你用一阵阵清凉呵护我热辣辣的煎熬
秋天来了
你把收获的喜悦传给我
还漂来了远山的思念
让我的问候乘着思念流向大海
冬天到了
你用冰花编织美丽曼妙的梦

在美轮美奂的境界里
铸造我冰清玉洁的情怀

今天我捧起一汪水
让它随波逐流
去寻找那些漂泊
别忘记母亲的节日
在你咚咚奔流的旅行中
始终带着我的温度

今天阳光把我投进你的怀抱
躺在你的浪花上顺流而下
你带我去领略大千世界
你带我去畅游黄河的激越
你带我走向大洋的广阔

忆

想离开
不知心归何处
想奋发
不知结局啥样
到起航
还没确定真正方向

霁云匆匆
再问何时归
今夜踏雪来
想着你的脸上
还留着我和你童年的挽手
那么我回到从前

从前
在铅笔刀划开的两半书桌上
忙碌着成长的烦恼
觊觎的私心常常窥探边境的空寂

假如回到从前
一定用和平的战争
把那方寸的领地
据为己有

寻找生长诗的地方

走在社区的路上
形形色色地走过

自行车和人一样破老
也是生活的插曲
碎铜烂铁照样能打击出美妙的音乐

那些每天卓越的讲话
那些每天高奏的凯歌
那些每天膨胀的傲慢
都离不开来自土地的一日三餐

而我像辛勤的蜜蜂
寻找那些生长诗的地方

久别的根据地

有一条弯弯的村路
领着我奔向多年不见的钻井队
沟堑小桥没能阻止
庞大的钻机来寻找地下的热火

红土山石为背景
展开了人机一体的和谐
好久好久的分别
没有忘记的惦念
让我把倾诉装满了背包

不甘心
千里寻求
心中的最好
是个顽强的理念
不用说豪言壮语
毋需做狂放大举
只实心实意
求拓心愿的真实

草堂思绪

秋风曾经熬干了每根白发
那是抒发情感的天线
一千多年的风尘
永不消逝的波段
它记录的时代已经远去
那魂魄白日夜月般永恒

饥寒交迫山河破碎
不能泯灭诗声高扬
更有低沉的呐喊倾诉着
民生的苦难官僚的腐败

那些凄美的歌唱
早已飞向苍茫的宇宙
苍天里开放的雪莲
昭示着生的艰涩和灵魂的高洁
对话国难痛戳时弊
抖落乾坤的渊薮

星河上灵光闪闪
草堂月下渔光流淌
一片新芦忽又成行

苍天一杯酒

大河是苍天的一杯酒
她用热血灌溉春天的玫瑰
抚摸正苏醒的荒野
一滴水送给太阳七彩去检验
酿造合格的生活

大河是一幅展开的画卷
浪头牵引民族的脚步
连接所有的梦想和希望

驾一绺行云
搬起大山峡谷
向大海汇聚
推醒大海的沉睡
我们的天堂
自由旅行自在歌唱

再别故地

当晨风吹来了黎明的曙色
谁的短笛恋爱着霞光
谁的舞姿和东方的地平线
混配出一幅画儿

难道你在追赶我的离踪
难道你知道我的不情愿
难道非得在我的归去时刻
逗出感伤的眼泪
高高的白杨用叶子的交碰
回答我的质问

空中浸染着丁香的芳菲
笛子和胡琴在悠闲中悠扬
再见，亲爱的土地
请不要怀疑我的爱
也不要质问说"我喜欢你们"
有什么不妥

这是时间和共同的空气酿造的情谊
还没有说再见
喉咙里长满了荒草
凄然悲怆的乐调像风一样盘桓

忠实无愧

亿万年的石头和土
不一样的是黄土
五千年云烟浸染,文华涤荡
结晶在白鹿原上

终于在一个清冷的早晨
写完最后一个句号
托着西凤老酒的热度
躺在黄土原上长出了一口气

"我得到了,
得到了一块美丽的石头!"

它是大地的馈宝
一旦捡拾
别无其二

忠实无愧

黄土之歌
华轩之子

忽然有一天，我发现……

沿着堤上的路，一门心思追赶着小冠花的花路。
一条跳出的鱼抢走了视线的方向，
忽然丛丛簇簇紫红色的花从水里走上对岸。
那错落的断续正好是刚刚写完的诗句。
因为风？因为水？
花的种子像多爪的章鱼，它按照梦的指引行走。
凡是风能刮到的又再也刮不走的地方就成了它的家。
或许花神赋予它翅膀。
或许水神赋予它漂泊。
或许空气赋予它成长。
或许阳光赋予它灿烂。
她在茂密的迎春花丛中，
她在不透风的柏墙里都能绽放自己的微笑。
用顽强解释品质还是性格？用生命的现象来描述，
用战斗和胜利来总结。也难说对了还是错了。
然而，这突然的发现使我束手无策。
不过，这是个真实的故事。
我找到的是现象，按照你的情理去推测你自己的故事，
去讲解你自己的道理吧。

又是一年黄花香

我看到了季节的号召
六月捧着黄花在微笑
于是人们和你们
涌向了草原深处

我的心在远乡的岭南
长出了飞鸟的羽毛
我要回到那儿
那里有乡情的温度
那里有思念的理由
那里有回归童真的草原

为什么你一次次地煽动
你擎着黄花的手臂照耀着
我蠢蠢欲动的神往
啊，绿色的草原
又是一年黄花香

但愿你还会发现我那些年的脚印
那些脚印会不会绊倒你
采花的路上
卡个跟头想起我

微信里飘来野炊的烤味
多么简单而又原始的一顿饭
那是走进天堂也吃不到的
大草原的芬芳和着你的呼喊
现在只有在梦里
自己给自己制造一个那样的草地
还有黄花的灿烂
你们逼着我去鼓捣诗人的意象

这是万水千山
隔不断
呼伦贝尔的呼唤
科尔沁的招手

思念是有根的
像故乡的草
你那一篮子黄花
点燃了我
我的乡思缕缕

分别是昨天的再见
思念却是永远的奴役
你们奔跑在杜尔伯特大草原上
那热烈的欢快
放大了我的孤独
还裹挟着些许的忧伤

唉！
如果是电影
可以重放
如果是道路
可以返回
如果是文章
可以拷贝
只有岁月
不能重复
只有场景
无法重现
只有你我
真情不变
有朝一日
重归故里
那欢乐的场面
可否重来？

为什么远走他乡?
为什么离乡背井?
为什么白发早苍?
是对远方的幻想
知道思念的煎熬
脚步已经远去
是对心灵的安慰
知道不能在一起
猛然醒悟天各一方
是对常态的厌倦
老地方啊老地方
想到它如此珍贵
已经黄昏了

我们是草原上野草青青
我们是草原上黄花朵朵
我们的根在这里
我们最开心的笑在这里
我们最天真的丑在这里
我们最幼稚的错在这里
我们就在这块土地上
哪儿也不去

都回去
回去

回去吧!
不管是你高飞的大雁
还是九万里的鲲鹏
不管你是贫穷
还是富有
没人羡慕你
没人嘲笑你

都回去
回去
回去吧!
当草原上升起不落的太阳
我们的歌声唱遍村镇城乡
当黄花再黄的时候
我们欢聚在茂密的杨树林

都回去
回去
回去吧!
在黄花飘香的季节
正炊烟袅袅

啊嘿,啊哈哈嘿哟哟——
我日夜思念的地方
又是一年黄花香

太阳出来

太阳出来
林和山不再隐蔽
一切的苏醒都睁开眼睛
为新一天的成长
整装待发

太阳出来
小河欢跳着去灌溉
等待烈日的田野
为成长奔忙到黄昏
窗前明月

太阳出来了
湿露腾腾
火热的季节
亮堂堂闪耀的大道
那遥远更加亲近

太阳出来了
成长的更新鲜
古老的更陈旧
使用时光的天平
把生长的动力分配

太阳出来了
我们背着阳光去旅行
所有的等待都能到达
向往唆使着奔跑的车轮
阳光给追赶充电

乡思难了

看见
白雪镀蓝了炊烟
树枝击打出钢丝的硬音
小鸟书写的梵文
讲述着寻食埋饥的过程
我就想起了
推不开的门
嘴里冒出说话的白烟

看见
鹅鸭覆盖河水的游荡
麦浪浮动着青山的风景
阳光和湿露摧毁了荒芜
我就想起了
水坑边匆忙丢弃的绿色鸭蛋
大杨树扛旗般猎猎
第二天破土而出的野草
比谷苗还粗壮

看见
收获的金黄
太阳的光热渐渐高离飘去
萧瑟用火红的霜叶
去燃烧即将退却的丰茂
我就想起了
冷雨中收回的白菜
土豆埋下窖底
柴火垛上驮着一层雪

看见
蒲公英的飞絮找到了风的方向
迎春的樱梅先达后至
牡丹园的嘈杂彰显着艳丽
我就想起了
一片招摇的土色
蒸腾着崛起的气浪
耕种的早晨
风扬起封垄的新土
山雀群起群落

看见了
就会想起
一棵树都是记忆的标志

怀着深浅不一的悔憾
看一回
更新的故乡
那一切
似乎远了
似乎又近了
乡思难了

九 儿

"身边的那片田野啊,
手边的枣花香。
高粱熟来红满天,
九儿我送你去远方。"

四句词
从大地唱到天空
在高亢的冲动
和凄婉的撕裂中
九儿蜕化成飘飞的凤鸟

枣花女儿情长万里
高粱汉子征程远行
正告别时别绪满帆
挥手夕阳离愁断肠

"高粱熟来红满天。"
阳关三叠

字字如锤敲碎心
枣花的女儿烈酒的情
温婉的柔意烧化了
铁打的汉

踩着红霞的旋律
枣花姑娘魂随郎去
那么遥远的遥远
九儿呀九儿
再远的远方
再远的远方
远方

靖边日落

在黄土坡的簇拥下
靖边闪现在开阔的平原
是黄土走上沙漠的平坦
统万城金色的边角
透着一千五百多年的感望
微笑和眼泪成为化石
拱卫着残破的城墙
苍老的驼铃滑落在细沙的缝隙中

野生的蒿草
巨大的树根
彰显着沙土的耐力
这是不完全的沙漠
朝夕的冷热中
响着走向苍莽的律动

无定河流走了哀伤
成吉思汗征战的马蹄深埋在沙窝深处

秦魏烽火的余烬
记录了长途跋涉
播放着飞马的奔袭

中华共和的光辉
提前十五年把靖边照耀
靖边多么古老神奇的地方

茵香河站

一道茵香朝阳里
大路东去走客西

栅栏围墙看见
茵香河从山背后走出来
在它把自己交给渭河的刹那
大山深处涩涩的鲜香
充溢鼻口,沁入心脾

我热爱你
这山的味道
我吸吮你阵阵青草的吐纳
我聆听你风中石头的歌唱
我轻闻你松果苍劲的芬芳

这茵香河美丽的早晨
站一下,闻一闻,喘一会
清新和神奇的舞动在树梢上跌宕

清凌凌的小河刷洗爽朗的脚步
送我登上南去的动车

查干湖

松原挂在身上的明镜
收揽蓝天和漂泊的云
你是神仙指派的圣水
引得月亮来安家
召唤星星来做窝

每当七夕的夜晚
姑娘下湖照月亮
白凝的肌肤
弯弯的眼睛
弯弯的眉
一照照到十七八
月亮的女儿出嫁了

今天走过你
一霎时擦肩而过
几条鲤鱼摆摆手
想多看几眼也没敢

总怕女儿又多心
总怕女儿多烦恼
最后决定不打扰

你是如此的诗人

与其说我爱你
不如说我怕你
你是雪的诗人
怕热的时刻
已经过去
我这里给你营造冰的宫窟

相信雪的力量
轰然间埋葬并穿上素雅的孝服
站在最高的地方融炼冷彻的筋骨
节俭而又毫无吝啬地
向生命输送哺育的甘甜
除了洁晶
还有配伍风花的禀赋

在雪之前
你是春天的诗人
无论什么时候

即便是大雪纷飞
你的天地
依然桃花流水

在春之后
你是小草的诗人
在草丛里
收获生命的火花
收获人生的警句和格言

在小草之上
你是花的诗人
有多少爱恨情仇
写进了浪漫
写进了惆怅
难道每一份美丽
都裹挟着凄婉哀伤?

在花之后
你是红叶的诗人
当一切归于平静
收获的镰刀放进仓库
那一片浩荡的火红飘洒漫卷
在大雁飞去的早晨
在夕阳西下的黄昏

是祭奠的圣火
是谢幕的热烈
是生命的礼赞
是告别的掌声
你是否记述了那些生命的成长和枯槁？
并留给雪的时代印刷刻录在大地的凝固里
保鲜并等待着下一个轮回

当触摸雪的时候
雪温柔地融化在你的心坎里
当触摸花的时候
花儿开放在你赏悦的笑容里
当触摸红叶的时候
红叶在璀璨的斑斓里送给你丹心一片
当触摸小草的时候
小草正附身亲吻着大地

大地拥抱每一个有温度的生命
更宠爱有性情的精灵
你是如此的诗人

你是如此的诗人
你是如此的诗人

故　宫

故宫
曾经的房子
就是房子
没有扒
因为有名
一直保留着

故宫
城中一块地
也不算太大
演变着一个大国
朝代的更替
世纪的风云
故宫里的每颗土粒儿
都很乏

故宫
人走茶凉的地方

以至于最终没人住了
只放在那里
告诉人们
看看就行了
千万别动

沙漠之光

远望去
稀散的树在起伏的沙丘里
时隐时现
黄色的
红色的
都到海的身边
停住脚步

阿联酋
和水这么近
和雨那么遥远
在这个无雨的地方
见到沙漠腹地的野树
不能不感叹
树是大地的根
树是沙漠的魂

沙坡记录了风的音符

车轮扬起涛浪
红沙飞舞
激越的情感拍打出车窗上
女孩儿的尖叫

沙浪飞
彩色的雪喷洒
沙丘，沙岗
腾飞着鹰的神勇

万里来与沙共舞
在银色的月光的沙海
轻歌曼舞
沙漠的滋味
沙漠的沙
光怪陆离的梦

马赛马拉大草原

披着红斗风的黑珍珠
是大草原的星斗

好奇的车辙
鲜艳的尸骨

盛宴开始在
宰杀之后

蓝天,草原
蓝下绿上的白云飘飘
坡上沟底
五颜六色的鸟兽
呼吸着绿色的空气

这一切都是野草的力量

你本身就是一首诗
我再写什么都是复制

马赛马拉的早晨

勤奋的小鸟
打破黑夜的沉静
太阳出来前的星点微光
兴奋了鸟儿的鸣叫
人们从酣梦中被拉起
硬性而快乐地参加鸟儿的合唱
大树从黎明中走来
小草睁开惺忪的眼睛
多么夺目的世界
每天都是第一次看到

角马和羚羊温柔地吃草
嘴没离开过地皮
长颈鹿的嘴在树梢上忙碌
只有狮子蒙头大睡
它很害羞
因为胃和牙齿的原因
昨夜偷吃了邻居的小羊

全世界都醒来了
大草原
生命的集聚
欢歌和笑语的主旋律
再次奏响
我们去跳舞

致小萱草

你轻轻地呼吸
像流淌在我心里的小溪

泛着澄澈的甘甜
透着清新的安宁

摸着你手心儿里的汗
瞧着你眼角上的亮
嘴唇儿上翘着娇
额头上挂着蛮
你就是天堂
我的宝贝

开心小妞

风灌满了你
即将展开的两翼
站在高高的山坡上
那曾经卧虎的丛林
一切都在助力你的腾空

我看不出
你还是我的同学
太返青了
就衬托出
别人的沧桑
不可以这样

北行,北行
走出了年轻的心态
走出了不老的容颜
看你要飞的架势
我有一种翔的欲望

我要去摸摸你
这是不是事实
你一直生活在
地球上吗?

你看
风还在为你梳头
凤凰和丹顶鹤
都是远程的飞仙

要不……
要……不!
你飞到秦岭太白山上吧?

村庄、小木屋情思

忘不了哇
忘不了
多么熟悉的村庄、小木屋

一条泥路
车辙里存着雨后的雨
看见妈妈拄着杖
白发在风中飘
白发在夕阳下红
多么熟悉的小村庄
房前屋后有空的地方
土缝缝里长满蒿子和马莲
烟囱里的炊烟是亲人的呼唤
不需走近
就闻到窗缝里飘出的炖菜香

忘不了哇忘不了
想忘却呀也难忘却

见到你小木屋
心中就钻出痒痒的虫
见到你小木屋
眼中就噙满酸酸的泪

斜搭的梯子倒放的犁
墙上挂着透风的网
鸡的架,狗的窝
最饱满的还是
老娘忙忙碌碌的身影

水塘边的鸭蛋快捡回
告诉妈妈这是我的蛋
那只小狗傻傻地把我望
妈妈为什么悄悄地笑
这是我最大的茫然
我多想一直活在那无知的茫然里

锅灶里升起红红的火
榆钱儿汤滑溜溜装满我的嘴
火光镶出金边的轮廓里
是老娘亲累弯的腰

岁月不知几度秋草黄
大雪封门脚跟疼

这时就想起妈妈的暖

你是我最多次的梦
你是我常常醒来的慌

多么亲切和熟悉呀
小木屋
你永远长在我心上

楼

宽广的地盘都给房屋占去睡梦
而谈情说爱的花园却成了街尾的荒地
从此爱情失去了浪漫
无恋之爱的屋檐
涵盖了一切的轰轰烈烈

豪华里盛装没有沉淀的美酒
人群的增长减少草地的面积

鸣叫需要释放
音乐和绿色需要呼吸的空间

由房子带来的贫穷
是灵魂的忧伤
由房子引出阳光的阴影
投射着几代人的辛酸

一座座高耸的热烈

一片片把风都夹窄了的擎云之伟
压扁了地球
间隔着耳鬓厮磨的前奏
有一场月亮的雨会到来
让钢筋混凝土的森林长满花草

春 chun
秋 qiu
漫 man
旅 lv

春 风

春风迷失在我的地图上
燕子拽着它去给第一支蒲公英剪彩
任你千百次摇晃
第一批柳叶还是在灰包包里打不开芽

春风劳累
在春天的忙碌中找不到停歇的空点
山野把昨天的旧景刷掉
春风要在曙色来临的前一秒
吹干最后一个湿点

春风搜寻
找到每一个萌点
拨开层层禁锢
揭开春放的最后一个粘点
在阵痛中拉开春天的帷幕

春风化雨

润开每一处僵涩
柔美翻新的色彩给春天化妆
在扑面而来的湿润里
绽开的第一朵鲜花是
行人的脸庞

春风是春天行动的加油站
向每一寸土地
向每一棵树
向每一株草
向每一簇花
喊一次看齐
去接受爱的拥抱吧

土　地

在饱尝孕育的辛劳之后
土地把春天的美丽送给人间
草坪上传来儿童的欢闹

在酷暑蒸烤的煎熬中
去长大枝茎上的果实
阳光和绿叶强烈地抽取你无私的乳汁

在寒风和冷霜扫荡之后
饱满的籽粒和果实被收获
去供养有温度的生命

把光秃秃的孤独留给土地
在雪和冰的照料下
收缩着张力四射的肌肉

把缝隙中残存的谷粒
送给歇脚的雁群

土地是最贫穷而富有的仓库

在平静的表面之下
储藏着
说不完读不尽的历史

家

家是离愁别苦的根
有很多抛舍还
留在家的角落里
留在家人的面相里
留在家的脚步里
难得回去
大多靠记忆背回
靠回忆的储藏来将养
难舍难分的离乡背井

家
不一定是最美好的
但
永远是最难忘的

人何处

清明时节楼空空
若问群人去何处
你处外人来外处外人你处来

清 江

走过
我看见洗衣服的人
撒尿的人
倒垃圾的人
污水汩汩
不知衣服的布丝里
带走了什么?

直 白

人生需要直白
直白是一篇告诉别人
自己咋回事的故事
诗人像一片云彩
小说家像一片村落、城区
批评家像围墙、栅栏
出版商像搬运工
等等
都是文学的役工
他们每天如蚕丝一样不断地
向世界倾倒自己的悟语

有些不是读不懂
而是不够直白

勇敢面对人生
首先要勇敢面对自己
经常想想自己的龌龊

没什么不好
有助自洁

星星的眼睛

宝宝睡不着
因为星星在天空眨眼

一闪一闪
好像叫我去玩

哎呀
我实在太困了
我不敢睡
星星明天请我哪
晚了怎么办？

我不睡
星星不睡
我也不睡

星星笑了
星星下来了

星星陪我睡
星星、星星
星星
星……

山坡上的阳光小屋

你家住在高位上
正对着城市的楼窗
能看到城里人的头顶
城里人在你脚下睡觉

一座山
供给你夏日的凉爽
形成你冬天的避风坡
你近距离占有的自然要素
是全城的总和

面对城市的热闹
消解你的孤独
阳光小屋
神仙的惠施
你门前的菜畦冬天还绿
因为阳光总把它的冻伤
天天治疗

你家门前的小狗懒洋洋的
因为阳光为它搔痒

山凉于夏
山阳于冬
山阴于风
都是你的福
偶然路过
羡慕难同

与山一体
春风通心
秋风爽身
夏雨润肤
白雪跳着天上的舞蹈
和你过年

山坡上的阳光小屋
今夜星光灿烂
在梦里
我住在你的屋顶

塬上一幅画

这是11月26日的宝鸡
蟠龙塬上南社村
农舍的外墙根下
红柿树下红月季
鲜红的花朵在温暖的阳光里
花唇已被夜寒轻轻啄伤
黑紫色的花唇
在阳光的暖午疗伤

红柿子挂在光秃秃的树上
坚守它等待白雪的日子
它等待白雪的欢笑
它等待白雪映衬它的鲜红
它在白雪中绽放自己不屈的性格

红柿子
软软的一包甜点
甜甜的脾气

坚毅的柿梗和萼片
在遒劲的寒枝上抓住树和果的情分

月季和红柿子的小村
人们心灵美丽
静雅的风景画贴在塬上
还有奶奶漏风的话语靠在大门口

错　过

芦荻在褐色的洼里睡着了
小鸟不再撩拨它的短发
白色的花翎几乎全部秃萎

阳光照得到风吹不到的地方
草依然翠绿
我的梦
摇不醒的幻想

莫在冬风里空挥手
讨个机会
飞往春天的大道

就这样

就这样
一个欢闹的夏天结束了
我们还没来得及清点树的株数
我们还没看够的山野丹青
没打声招呼就走了

就这样
一个凄悯的秋天过去了
谁看到了红叶飘转的山冈？
谁听见了鸿雁的歌声翱翔万里？
没说一声再见就离别了

就这样
面对匆忙的过往
留下了找不回的遗恨
那双滚烫的手把人们领进萧瑟
那只猛烈的脚把人们踹进冰雪

该休息的休息了
树叶躺在草间睡着了
群山已经盖上了洁白的被
田野开始打盹
春天的按钮正在检修

就这样
白雪飘来才知道
我们只剩下了孤独的等待

迪拜印象

迪拜一片湖
用水杯舀来的海

海是沙漠的洼地
弯曲的海湾
是月牙儿挖出的缺口
是外星人马蹄踩踏的足迹

地下的黑燃亮了海边的空

这不夜的沙漠之光啊
中东的招摇
再过一百年
还能这样辉煌吗?

山坡夜话

出城
离开灯火辉煌
黑暗中的灯火
悬挂在山坡上

河滩上流着看不见的水
走进小店
仿佛进了山洞
换个地方吃顿饭
用新的口味说说话

恓惶的日子
堆积苦难的楼林之外的距离
唠起了只有天地能听的大话
二两烧酒的热度
烘烤着说话的狂妄
打开的闸门
决堤的渭河

如果能现在选择过去
我要出生在炮火连天的岁月
拿起枪打出一片新天地

如果能现在选择过去
我要和你在一起工作
相提携共欢乐
把我们的一片天
变成美丽花园

如果能现在选择过去
我要生活在森林
大山深处有我的祖屋
从生到死世外桃源

如果能现在选择过去
我要定居大海之滨
望着帆影发呆
听着波涛的呼啸心潮澎湃

如果能现在选择过去
我要做一只鸟
歌唱着飞翔
遨游宇宙

如果能现在选择过去
我要做一粒种子
长出父辈的梦想
长出母亲舒心的菜肴

如果能现在选择过去
我要成为镇里的一间哪怕低矮的平房
让乡下的孩子在我的温暖里
走过人生的冬天
考上大学

如果能现在选择过去
我要做一片云彩
每当大地干旱及时下雨
每当骄阳似火遮日防炙
每当惊雷轰响截杀闪电
每当雾霾漫天及时闪开

如果未来能选择现在
我想把友谊的音波
更深入地传遍山河大地
亲人们哪
同学、乡亲
我拥抱你

你是我冬日的暖阁
你是我夏日的大海
你是我春天的牡丹
你是我秋收的喜获

如果未来能选择现在
我想对你哭一次
因为想起时总后悔
那些过往的日子
我本来可以对你更好

如果未来能选择现在
祖国啊
给我力量
走遍你的每一寸
向所有的
可见的
可说的
可用的
可行的
致敬

如果未来能选择现在
我把病痛的机会留给自己
让那些忧郁的日子

从你的脸上撤退
让犯难凄苦的眼神变成快乐活泼

如果能现在选择过去
如果未来能选择现在
都不行
但现在可以选择现在
现在高度重复的每一天
年月衰老的速度急快惊人
明天乘飞机上高铁
去看你

因为共历的时代
在此我写下一番话
也许明天的腐朽
会宣告我的虚存
即便如此
不后悔
因为
我找到了能说话的人
并把能说的说了

白鹿原

吼一声
热泪两行
生命的瞬间
应该这样谱写

春天的花开
一生的命运
再吼一声
泪千行
鬓苍苍

地球之船

总有一天
太阳舔走了大地上最后一滴水
所谓地老天荒

干涸了
枯朽了
人类一天天积累的脆弱
让他比鳄鱼死得更快
到哪里
到哪里去寻找生命载体的安放地?
宇宙还有没有另一个人类的家园?

到如今
只发现地球裹系着人类的呼吸
在浩瀚的宇宙
这不过是一条飘忽的小船
人类其实如此孤单
当地球之船开始沉没的时候

连招手求救的机会都没有
因为能救援的宇宙力量
迄今，还没发现

总有一天
地球的寿命走向终点
谁来给地球送葬？
除了神话
什么都没有
它只能孤寂地把自己抛入
冷森森的宇宙
垃圾云团

我们都游走在
风声鹤唳的宇宙缝隙之间
随时都可能被挤扁
另外
会不会出现野生的星球
窜入地球的轨道
差速度让碰撞发生
在某个年份的某一天黎明
或黄昏

太阳死亡之前
地球会不会消失

用发展的眼光可以坚信
人类越来越有能力销毁地球
完全可以在太阳死亡之前
完成人球两灭
抱着地球
走向无穷的宇宙沧海

愿地球残渣上滞留的人类基因
能碰到新的土地和森林
复活的新兴的人类不再需要空气
不需要粮食,不需要水
他们是灰尘和垃圾碎片的黏合体
没有生存
只为存在而存在

人类呀人类
尽快地寻找你的归宿和再生的沃土吧
请尽快吧
地球还能留给我们多少时间

等 待

站立在长久的等待里
陌生都变成了熟悉
你还没有来
这是为什么吗?
难道等待会凝成永恒的伫望

等望成塑的故事写了几千年
今天不写了
往往等待是
煮沸的粥
扬汤而干

耐心是
当今最昂贵的货品

渴 望

沙漠
地球的痒
离海很近
离泉很远

沙漠的祖先
原本就是浩瀚的海

金铜无锈
干沙留给世界
万年不朽的遗迹

听到雷声
兴奋
难以置信
冲动
要换个活法

如注如丝线
那挂在空中的珍珠
落在地上冒烟
原住民的灵魂开始洗澡

祈祷供奉的香火，这时
在雨中熄灭
跪求的姿势太久了
休息吧
太累了

可以祭奠庆祝的时刻
一场雨和孕育婴儿比赛
婴儿赢了

雨的舒爽
渗透毛孔

沙漠
不毛之地
驼铃踩着沙子的波浪
歌唱舞蹈
朦胧伊人
天水之间

钱

钱是一种语言
告诉你
阴阳两界不同的风景
钱是一种国别
告诉你
离开祖国不好使
钱是一种工具
有了它
你可以把整座城市搬回家
有了它
你可以拥有一座大山
可是
不朽的城市和大山
终会物归原处
而你却消失在
沧海茫茫

痴情碰

心的墙壁上
多了一颗钉子
把他的凶悍刚猛挂上
风吹来
常常摇晃淌血

雨夜的闪电
比太阳还亮
短暂的瞬间足够
看一场伤心的电影
闺蜜的嘴唇
撼天动地的炸雷
撞击中熔合和稀里哗啦的击碎
熔合中四唇对接
击碎中伤心医院的救护车号叫

被搀扶着走路
留口气在人间

等待光明重现

快来吧
风雨和闪电
找一个拯救我的人儿
快来吧
鲜花和坟墓
殿堂里欢笑
坟墓里永存
留住我十八岁的清纯
快来吧
乌鸦和百灵
把腐烂叼走
把我的灵魂和美丽都化作歌唱
快来吧
夜莺和百合
长夜里谱一首安魂曲
抚摸那曾经的爱恋
来吧
快来吧
把一切安排

相怜鸟

说不清什么理由
我总是惦记小鸟
它白天快活地飞呀飞的
到了晚上风啊雪呀雨的
特别是冬夜这般寒冷
小鸟怎么睡觉?
怎么躲避风雪?
怎么御寒?

小鸟睡觉时啥样子?

今早树上掉落的柿子摔碎一片
莫非小鸟昨夜噩梦中
扑腾撞掉的?

柔软的草窝子
盖上几片树叶
土坡上老槐树的洞

铺上厚厚的干叶
留一瓶矿泉水
哎呀！没把瓶盖打开
我还得回去

亲爱的人

小路并到大路上
大路分出小路去
亲爱的人
什么时候你来到我身旁

树林的树叶掉光了
树叶响着我的脚
亲爱的人
什么时候一起踩那树叶响

赶场的人来的走
走走来来都走了
亲爱的人
什么时候一起来啊一起走

我不能像狗一样

守候在货摊旁
把期待的目光
投给每个过路的人

聪明忠诚
看家狗成了迎宾狗
忠实的忠诚写在眉梢上
刻在骨头里
一条白灰色的半大犬
卖货的女主人、货品、狗
这幅画面和谐有爱

生意可能艰难
一条狗让它温暖
而我不能像狗一样忠厚
因为我是利益的动物

总会想

即使我是条笨狗
也会想
今天的收入有我一份口粮
分红啊奖励呀
天这么冷
我都站了九个小时
至少给点加班费
货卖不动
跟我啥关系
我是打工的
要点工钱天经地义

人需要狗来弥补感情的缺失
人需要狗来矫正势利的过往
人需要狗来温暖人情的冷漠
人需要狗来填充精神的空虚
人需要狗来领导为人的诚实
人需要狗来教导处人用真情
人需要狗来指导做所有人的朋友

我不能像狗一样
我是个势利小人
我是利益的动物

阳光土

城市大道总有干不完的工程
一儿会挖开
一儿会填平
本以为石头和柏油隔开一道永恒

黄土对阳光的钟情
三番掩埋五次挖掘
都不能消解黑暗对光明的依恋
阳光对黄土的思念
比冬日的寒风凛冽
十二月的日子
路两侧新挖的土
在阳光下泛黄

挖沟机仿佛是炒菜的铲子
一年年翻腾着马路的锅底

树根的须子还没摸清生长的方位

挖地的铲子像刮胡刀一样勤快

没有根须的树叶打卷了
阳光和黄土的恋情越来越深了
明年可不能再挖了
否则太阳会陪着黄土被埋葬!

叶情潇潇

我愿是叶下草
爱人哪
在你的臂弯里
世界多么幸福

叶子落了
叶子干了
把天上的风光和灾难
都凝缩在漂泊的轻盈里

叶子于草有三恩
温暖，挡雪，肥料
叶下的冬天凛冽
风雪中相拥漫长
春暖雪化的时候
叶子把自己细碎成沫
渗进草根去滋养春天的蓬勃

树叶啊树叶
爱人哪
在你干枯和腐朽的历程中
做了我的棚幔
做了我的营养
你是雨露潇潇

天空辽阔
我们一定
做两块闲云
去玩味世界的苍茫

夜空星语

萱萱和彤彤
吃了饭别睡觉
天黑了莫孤独
咱们一起看星星

只要你想要
星星上面掰个角

彤彤、彤彤
你别哭
明天哪
三个星星陪你玩
左边长颈鹿
右边小羚羊
中间河马喘粗气

彤彤萱萱睡觉吧
外婆明天上商店
好吃好玩都买下

我的小路

一段小路
伸向河湾

一段走向野间的小路
我爱
它是通向自然的门
它是走出楼林的开怀
它是我尝尝野味的窗口

我爱那条小路
我的女儿
我的情人

排队体检

马令驰、严秋绪、王统一
……
一串串的名字
显示在屏幕的方框里

排队体检
名字对号呼应着等候的节奏
一个名字抹掉了
新的补上去
一个名字消失了
新的出现了

从历史中来
到历史中去
都是过客
到此看看
还能走多远

工厂广播

霞光微染的早晨
穿过繁闹的街巷
宽阔的广场乍现
——我们的工厂

整个大楼一座音箱
走近大楼
音乐响起
新的一天很抒情

整个广场绿树芳草
走进大楼
净几伏案
音乐悄消
新的一天很舒心

整座大楼春夏秋冬
风吹雨打

巍然耸立
走出大楼
音乐响起
走出大门
回头伫望
这一天温馨美好

黑夜多么富有
黑夜是最大的富翁
它不仅拥有月亮
还拥有满天星斗

黑夜最有善心
那些饿了一天的蝙蝠
可以出洞觅食啦
那些累了一天的人
可以躺下睡觉啦

黑夜是最高明的美容师
一切残缺
一切丑陋
都在它的修抹下
消失啦

黑夜是最有才华的艺术家

美丽的风景
抒情的音乐
都送入梦乡

黑夜是最高档的情人俱乐部
星月下的恋人可以放心拥吻
因为
月光让恋人看得清
星光让别人看不清
还有
树影中流转的
一阵阵多情的风哨
凑趣站岗

观茵香河两岸山壁

山腰石块圆,古时即河底。
河浅淤黄泥,得田缘瘦水。
应谙空鸟啼,先祖留声译。
——茵香河古留石上语

你看到吗?
山腰上裸露的石块圆滑
那曾经被水流打磨的印迹
一再讲述着古河的壮丽宽广
我们现在盖房的地方
原来是蛟龙的家

激流翻滚
泛滥的沉渣
在这曾经宽阔的河道上淤积
抬高的河水走向四方
留下良田万顷
清河消瘦

沃野千里
感民升庙
苍树古木
至今恭态可掬

听懂了吗?
两岸树林断续传来莺鸟的啼叫
你们都听明白了吗?
真应该听懂啊!
那是老祖宗留下的
等待子孙用智慧来诠释的
沧海桑田风云变幻的
密码

想东北

想东北
我的老家
看不见童年的老家
时代把它消失了
变迁把它模糊了
老坑填平啦
新沟宽深露沙子

早不见了
淹没我童年头顶的稻田水
早不见了
柳条冲里大姨夫的猎枪
一只美丽的狐狸挂枪头
野鸭飞处一窝蛋

现如今
漫山遍野大苞米
不种谷子和糜子

小鸟飞来活不起

想东北
我的老家
看不见童年的老家
参照物在原地走失
没人知道
我也说不清
我是怎么长大的

想东北
我的老家
玩伴多死去
外出打工年不归
无人认乡音
无人辨乡容
乡情犹在
乡根无土

想东北
我的老家
车票上标定的时间
越来越短
心里的距离
越来越长

心远了
还是情淡了
都不是
而是找不到心中的痕迹
一阵风
吹疼了耳朵

钻机工人

我们的工厂
把你的劳动
销售给全世界

你的汗水走四方
你的智慧是叩问
亿万年秘密的推手

何事这样披星戴月
比娶媳妇还忙
听到油田那边的呼唤
美梦可断活儿不能慢

活不多时
静下心来
把智慧修磨
把技能回回炉、淬淬火

想想啊再想想
你的汗水走四方
你的智慧钻遍全球

即便是
吃一辈子不够
乐一辈子还不够吗!

栾树红了

栾树红了
一年中最美的时候
她着上了秋的韵色
她表达了大地的心思
她挂上节日的灯笼
像云霞般绚烂

敞开秋天的心扉
交给人间一份华彩

今夜星光更近
为了照亮这秋天的美人
明天我要在朝霞正旺的时刻
来看你
你一定比霞儿更倩

从此
我的心
又多了一份恋情

找媳妇

小伙子聪明
非一般人可比
就是腿有点瘸
有人背后议论
心眼太多
命该如此

找对象
挺费劲
好不容易
经人介绍
到商大爷家相对象
商伯伯事先交代
我那闺女脑子有点那个
你要不嫌弃就见一下
如果你能哄她给你做媳妇
明天就可以结婚

小伙子很自知地答应了
就来到客厅见姑娘
你好，过来坐我这儿
你谁呀，我不认识
干吗叫我过去？
怎么招呼也不听
姑娘还挺恼
小伙子只好一瘸一拐地走到姑娘近前
我不是坏人，想让你——
给——我——当——媳——妇！
你看行不行？

我不干
你是瘸子

不是我瘸了
是地球瘸了

你看啊
地球往这边瘸
你们大多数人随着它瘸
我就没随着
所以我不瘸
你们大家和地球都瘸了
我没瘸

你明白了吗?
给我当媳妇好不好?
也不知道是姑娘听明白了
还是小伙子自信的表情赢得了姑娘的信服
反正姑娘临了扔下一句话:
你问我爸去

基辛格

住在美国的政治神话
世界风云的活化石、风向标
给全世界讲经说道
有不受国籍局限的国际思维

胸怀大格局胸有蜻蜓眼
每天每日用心走遍世界的角落
国际政治演奏家
乐章有《世界的新秩序》《重建的世界》《复兴的世界》

他的称号还不能冠以"共产主义战士"
但称之为"国际主义战士"在联合国可以注册

美国总统多如牛毛
基辛格只有一个

明星闪光是容颜和华丽外衣
而KISSINGER闪光是比宝石还剔透的心灵和骨头

他属于全世界
他有国籍,没有国界
他是住在美国的世界公民

走了，MAGDI先生

走了，MAGDI先生
一个不懂钻机的教条专家
毫无实用价值的质量的刀片
割掉大片的利润

七年
阿联酋NDC购置的
三十九台钻机出厂
它们挂着新漆味道的油彩
走向中东的沙漠
三十九套钢铁巨兽
将抓取四千米地下的黑暗
用来开动全世界的奔跑
时间一定会证明
你的刻板偏激未必超越总体水平的界限

走了，MAGDI先生
明天
沙漠呼啸的热风又会刮过你的脸庞
记起我们共同奋斗的岁月

临行送别时
你说过的最有良心的一句话
"赶先生,最难干的活是咱俩一起干的"
也将化作沙漠的纪念碑

走了,MAGDI先生
我们长久在拖动中跋涉的项目终结了
当初惊动业界,万人瞩目
这一段故事将被放入
大家茶余饭后的闲话之中
共同的经历都被嚼碎在饭菜里
乏味的时候
权当调料

走了,MAGDI先生
把那些奔波劳累的日子
埋怨,愤怒,烦躁,焦虑
都倾卸在废料堆里
一切都沉默了
像车间后院无力的小草
挤在边角料的缝隙中
尽管熬白了根须
也不再被关注
在遗忘中朽去

走了，MAGDI先生
当初策划想把你赶走
那时的意志坚定已摧毁成
破旧的纸箱子
堆放在无人瞩目的角落
我给自己做个检讨：
饱经风霜的人犯了儿童的错误
可你也别忘了
做一部实用耐用的好钻机不是你的本行
你对质量的诚实应该是技术的、专业的
而不是刻板的愚忠的教条

挫败的眼泪也曾淹没意志的大堤
那片废墟上有怨恨的慨叹
化作烟雾冒出
走了，MAGDI先生
请你带走一切吧
包括烟雾、中国雪

走四方

用双脚覆盖全球
在一天早晨出发

扬子江头喝口水
黄河边上洗洗脚
十万里水陆交接
太平洋的风太小
大西洋的浪太矮
都瞧不上
双脚找不到落地的绵软

这时候
加勒比海岸边的大石头
打磨得圆光锃亮
映照着当年那双老鞋
还在浪中擦洗
走不完江湖咋入海
尼罗河、亚马孙河,还有密西西比河

等待我的践踏

到北冰洋把自己睡成冰
做一只晶莹剔透的琥珀虫
跟随企鹅去南极
忽然长岛发来电报
这里，白沙滩很暖

盼天黑

一种渴望
乌鸦企盼黑夜的来临
那,一切不会再有
什么区别

特别是人人说
老板太黑
良心太黑的年代
黑的恶的丑的
一时间成为同义词
而谁又能想到
当太阳寿终正寝的时候
整个世界用黑暗宣告
黑的永恒

山上月

爷爷的爷爷的爷爷
早化作我们没见到的传说
他们永睡在这苍莽的群壑之中
只有山爷爷天天见

这几年
眼见得
山爷爷有意打扮自己
衣服越来越华丽
笑容越来越年轻

月亮是山爷爷放出的明珠
给山的夜宴点灯

云上诗

在天空写诗
在苍穹写诗
在浩瀚的宇宙写诗
诗不是写的
诗是梦的祖先
诗是风的方向
诗是云的孕
诗是大海的潮汐
是万物能觉不能看的缥缈
诗是行踪不定的仙客
诗是走不完路途的旅者
诗是没有尽头的江河
诗是没有数量的星
诗能穷尽最微妙的情感
诗能穿透最高位的心界
诗能破解心脑的谜团
诗是超脱的世外
诗又是不能脱凡的纠缠

诗要纯粹
心太净难与世苟
诗是灰尘中的清洁
诗是雾霭中的光束
诗是暗夜的惆怅
诗无处不在
诗有处难在
低处庸高处寒

再等待

等待啊
一定要耐心等待
地球之船
发现了美洲新大陆
宇宙之船
目前还停留在舢板时代
有一天
总会有一天
宇宙的船来到或
从地球出发的距离缩短到中美之间
而航达太阳系之外

等待吧
一定耐心等待
宇宙飞机穿越太空星群
同比闲逛地球村
地球的飞机
把中国和美国的生活
在一天之内混淆

将来
大机大船要到星际组装
要到第二星球配套
到第三星球试飞
一站站接力去找宇宙的边

等待
再等待
别急于离开
第二个太阳才刚刚诞生
比老太阳寿命要长亿万个倍
照亮宇宙一片新空地
到那里
金犁耕地钻石门窗
一切的一切包括牙齿
千年不坏万年不朽
人类如果到达
换心换肺脱胎换骨
大脑更新记忆更强劲
长活短活自己定

等待
再等待
别动不动就说活够了
写个申请给未来
还想多活一万年

吃喝全免
不跟子孙争口粮
等待着登船宇宙再开饭
吃上一口长生饭
一顿足顶一千年
牙齿闲废做装饰
一年一吨泡泡糖
皮鞋天天踩新底
遍地泡泡步步响
如愿品尝新口味
先前所吃吐出来
不然就会撑死的

等待吧
再等待
别着急
将来庄稼
一种千年出
长成可以直接吃
厨师无市先饿死
未来世界精彩无限
好些问题时代正忙
Solution自由奇人代代出
疯子科学风靡全球
门，已经替你打开
希望快点来玩儿

日 ri
月 yue
之 zhi
光 guang

我喜欢

走在乡野的路上
路向前方伸展
眼睛没有障碍
没有高楼
没有人群
我喜欢这雨后的空寂

听觉里好像还有
远处断续的车鸣
我希望那声音
再遥远一些

于是我走向乡野的深处
路
越来越清疏

树皮上的猜想

多年以后
你的刻字模糊
×××到此一游
变成破裂的疤瘌
一道道流泪的伤痕
只能任由猜想

留纪念的人
在当年那一刻起自己用小刀
直到今天才把自己杀死
杨树林里
哀乐吹奏
给一群无知的人
开一个
死也开不死也开的
追悼会

杨树照样生长

树皮用自己的表伤
埋葬了几多讨厌而无聊的灵魂

别　墅

村西头一栋别墅
主人身上土多
面色劳碌
出入前胸挂着围裙
有个腋下夹着小黑包的人
吃饭时来
睡觉时走

村东头的别墅
主人在大门口等着
裙子好像婚纱招展
脸上的粉能掉渣

路过的人
有时看到东
有时看到西
日子久了
自然地

把东西连起来
看出这么个东西来：

这老小子实在太牛啦
老娘家里吃吃妈妈的味道
小媳妇被窝睡睡少妇的鲜美

可后来听说
村西是大老婆
村东是小老婆
众乡亲在中间
挡了多少东西的风雨

人不亲，土还亲

东北老城比较老的大哥老秋
在海南置了房
今年也做起了候鸟
结伴集群飞到海南岛

开始还好
看什么都新鲜
可越住越空落越寂寞
一日正在海南乡下散步
发现几个东北人初来乍到
左顾右盼不知个中底细
唠得热乎
老秋回家开车
义务导游
自驾陪送

第二天在朋友群里
老秋晒了照片

叙说自己怎么怎么
当了一回老雷锋
客人玩得开心
都埋怨天黑得早

又过了几天
其中一位东北女老乡
发来感谢微信
微了老秋一把
其中不乏缠绵暧昧之词
也就是说那个老娘们
唠得挺黏糊

群里有三种反应
一说老秋为了自己表扬自己
编的假感谢信
配几张虚头巴脑的照片虚张声势
二说老秋有两部手机
因为老秋出示了微信原画面
三说老秋看上了其中一位女士
而那个女士确实比较多情乐于抒情
格调偏于浪漫
说什么
潇洒多知的秋大哥
要不是黄昏来得早

我们的故事肯定会继续
……
为什么夜晚天要黑
哎呀，我去……
都酸出尿来了

后来由于有三项可疑动机
掺杂在该项助人为乐之行动中
老秋有了一个听起来女性
看起来嫌犯的新名字：
"秋三疑"

老　了

身份证经过岁月频繁的揉搓
上面的相片比现实的我
老了不少
过安检
心存忐忑
上飞机
心神不安
我本来就很传说
如果你再多看我一眼
我就撤了

应　该

应该学会放下沉重
应该学会做别人不想做的
应该不止于仅仅如此
应该常常眺望远方而不废脚下前行的路
应该朝着一个方向无悔不弃
应该常常勉励自己
让别人见证心怀坦荡
不应该荒废白日的光明和夜晚的黑暗
光明前进，黑暗摸索
应该把大部分心思放在改变现状
而不是抱怨前路无光
谁知道明天的乌云散去还是继续遮住太阳
不应该把黑夜太放在心上
因为迟早黑暗会成为永久的伴侣
应该走一条自己的路
只要走的时候明白就行

土掉进水里

一个民族存在的
标志是服装
性格是传统
文化是血脉
文字是疆土
否则
要么消亡
要么不再是原来
依附或者嫁接
只能存在着别人的存在

肤色的联想

总工程师修怀
长着蓝眼睛
白脸皮
黄头发
早年人送外号"二毛子"
如今他当了老总
大家就不敢当面直呼外号了

我领着三岁的儿子到办公楼
和同事没说几句话
小家伙淘气跑值班室玩去了
像猴子一样蹿到办公桌上坐着
值班人员知道是赶总的儿子
也就认他乱淘一气
被修总看到没惯着
把小子从办公桌上撑下来
正好我找儿子过来
小家伙很神奇的样子

说：
爸、爸，你公司还有外国人！
会说中国话！
别胡说，闭嘴
那是修总
他要听见了
定揍你

有人专门算计过
修总是大连人
根据他的年龄
当时苏联红军住大连……

后来有人见到修总的哥哥
长得跟我们大家一样
黑眼睛黄皮肤黑头发
同事们疑心更重
七嘴八舌好多闲话：
不是那么回事
就是这么回事呗
对，还是那么回事
可说呢

运气碰壁

人生有大运也有小运
大运较好
小运稍逊
走了好运就好
如果是坏运
最好别运
找个地方凉快最好

时代和时代比较
有这样的结果
人民公社的中国
再有钱的人也比不了
自1979年改革开放十年后的一般穷人
绝对是本质的区别
好比学来的英语口语和听力
再好也比不了以英语为母语的人

知识是学的

财富是社会的
都有其自然和不自然之处
母语讲得好
未必考得好
外院的外教不愿和中国同行
比其母语文字的考试
因为学的功夫没到位
英语专业的毕业生
一般不愿意在技术谈判时讲英语
因为中间有一道技术的关口
一个专业用词搞不懂
工程师可以理解
另外的人就可能认为
你英语白学了
还不如一个普通工程师的水平

想想这辈子

有一群猪跟着你
有什么关系
都被吃掉了
有一箱一箱美酒堆在你身边
有什么关系
早被喝空了
有堆积如山的一袋袋米面围着你
有什么关系
早就化作粪便了
有一群娘们跟着你
有什么关系
都被睡过了
有一群小人跟着你
有什么关系
见到我没用都溜了
有一帮好人跟着你
太有关系啦
没他们

我早已走入深渊
有一帮坏人跟着你
太有关系啦
他们是我的镜子,天天照
还有什么呢
这有什么呀
一路走来
太多的人和物
说长道短的麻烦事
不都是这样吗
人生本来如此

哎呀妈呀

登机的过道只挡住了光
来自雪的冷力
使身体表面温度急剧下降
说明冰天雪地的东北很东北

从安检员的目光里
都能看出凛冽
还有火爆脾气的东北媳妇
连同她们的话都有一种
热要裂冷要崩的凶煞
问身边的小伙子
这样的娘们给你当媳妇
行不行
他只说了四个字
哎呀妈呀

萨尔图机场

这里是曾经的草原
那一年
我还年轻
跋涉在月下的雨地里
循着月亮走向打井的村落

寂寞的百无聊赖的机场
早早地飞机冻凝在
冰雪的露天
等待旅人的温度
化掉机壳上的薄冰

荒野的边际越发小了
在这孤冷难耐的角落
一座庙一样的飞机场
把一帮帮油田人带到
热而闹的南方
他们的欢乐被提高后
飞向远方

赤水河

连自己的军事家
都没看明白
这迷藏的玄机

一渡人人清
二渡凡人楚
三渡少人明
四渡无人懂

或隐蔽
或暴露
把敌人一批批运动到
远方
跳出包围圈
战术之玄妙
站在胜利的山冈上
才明白
史无前例

躲闪之间的铁脚板、钢筋腿
在欢呼胜利的时刻
为自己的双脚称奇
领袖的神来之笔
三次回头创奇迹

赤水河边
浸染了一片红色的信心
赤水水更红
不由鲜血染
皆因革命的烈火燎原

革命队伍迈开更坚定的脚步
显示了一个用鲜血换来的
坚决认同
赤水河
从此有了故事
有了高险莫测的深度风景

敌我都糊涂的急行军
败退的虚实误判
扑朔迷离,雄雌难辨
弱小的红军
出神入化般走出重围

脱险
喘息之间
让死亡变成飘扬的红旗
让旧世界发抖的号角
在那一天早晨的河边
吹响
吹响了一个新国家
最有可能的
崭新未来

遵 义

坐在一堆尸骨上开会
革命多次试错的机会叠加了
这次改错的死里逃生的大会
用血淋淋的牺牲推举了一位
军事与历史的天才
掌管党军飘摇的命运

不能想象
没有这样一个时刻的共产党
将如何存在
拯救时代的脚步肯定会
以死亡休停
虽然革命还会继续
新的革命会以滞后的形式再现
因为没有当朝的堕落
就没有革命成功的根本条件
必然的趋势必有必然的力量
去成就成功

所以遵义证明了
适应时代的力量
在适当的时机校正自己的脚步
朝着成功的方向去夺取胜利的意义

那张桌子上
当年说过的每一句话
自然会刻录在木纹里
那是真理的力量
那是历史的筋骨

他们怎样才能走出去
首先研究生存的突围
当时明白人没几个
这是前所未有的事业
奇特的时代诞生奇特的真理

那一群人
在饥寒交迫中
甩掉十几倍的敌人
走出重围
一张旧报纸
把队伍指向陕甘
在逃跑中寻找生存和发展最成功的一次
到了延安

回头一望
遵义多么伟大
多么关键

强颜欢笑

心黑了,光明死亡
没人能拯救什么
你的宇宙是寒霜的荒地
选择孤独比较难

纷繁的大千世界
早给每个人准备了一份嘈杂
你本该不拿
这不过是个假设
性格一旦没落
情感一旦失陷
领地被抛弃

正如
不在光明中站起
就在黑暗中倒去
别让别人在乎或
看到你的消失

远方的呼喊

呼哨、呼哨的铁道旁
呼呼喊喊地跑完了
我的童年

现在
火车已经没有火
儿童们
只有到少有的博物馆
参观那些停止喘息的"黑金刚"
才知道火车有"火"

走过车站
我赶到我是古人
眼睛给车头装上锅炉
锅炉前
我就是那挥汗如雨的"小烧"
正副司机以外的第三人
——司炉工

现代火车
越发苗条
力量越发强劲
忽然想起
我曾经是你爷爷奔跑的路上
一棵小树
一朵小花
顷刻间消失在无垠的旷野
那时
我对火车的呼喊
被带到远方
如今
我就在远方

赞美的话

用破布包着的
不一定是破碎的岁月
小家也可以常出碧玉

王风说小邱是全公司最漂亮的姐
那天我见到她
原来是邱地质师的女儿
早被就地取材地
嫁给了地质室的郭师弟
我随行就市
那帮小姑娘喊：
邱姐，赶总的文件
啊，邱姐打好了吗？
我也喊她邱姐
她似乎很受用
热情上心地拿来了"我的活"
我就说啦，很随口：
王风说你是全公司最漂亮的姐

我咋没看出来?
所有人都为我的唐突愕然
这应该是全市最美一姐
人们愕然的眼皮又向上翻了一层
捯饬捯饬备不住
全国瞩目,世界有名
王风眼拙
人们愕然的眼皮不再向上翻了
射出凶光
全打字室的姑娘
除了邱姐
所有眼神如剑
像疯狂的恶狼一样
瞧着我
我于是狼狈逃窜

从此
我明白了一个道理
赞美的话
有时也伤人
甚至是会出人命的

酒鬼要狗命

一头高大壮实的狗
油亮亮的毛色
出农家院门的时候
令我赞不绝口

威风,像头小牛犊
犀利的目光
镇煞着狗群的阵脚

到朱二哥田园吃顿自产的饭
是对安全食品的真正享受
地里的菜
池里的鱼
院里的鸡
圈里的猪
自酿的酒
现杀现采现扑现做
新鲜真味

小猫咪咪
小狗亲亲
大狗凛然
鸡叫鸭鸣
我们的田野生机盎然
我们的庄院丰食忘忧

几场雨
一场大雪
绿了又黄
黄了又绿
一年过去
绿莹莹的庄稼刮起绿色的风
舌头根子泛着涎水
想起朱二哥的农家小院
肚子里饿轰轰地响不停

二哥的小院如旧
独不见那位高头灰犬
莫非"帅哥"领着女友去浪迹天涯
寻索中问出一段往事
留下遗恨千秋
去年走后
马三多大醉

吐了一地酒肉
大灰狗吞吃了一顿绝命的醉饭
当晚毙命
肠子被烧成筛子眼

狗为什么不吐呢
还是人厉害

迷 惑

等她说
你个傻样
不是你傻
而是她傻了
不仅傻
而且愚蠢
假如你继续施展魔力
她可能痴呆

我曾经有一位女同学
见到睿智的男人总是情不自禁地说
他和我老公有一拼
意思是说她老公No.1
经过进一步观察
这位女同学虚荣心成分只占百分之一
她一定会呆傻一辈子直到终了
我十分地后悔
这样的傻子为什么错过了

我一百分地瞧不起她老公
原因只有一个：嫉妒
我万分地佩服
女同学老公迷惑女人的伎俩
而我的老婆
之所以我不太思念她
是因为她对我的爱
在她步入老年痴呆之前
还远没有达到呆傻的状态
不是我魔力不够
而是她傻得不足

意 外

遇见你是个意外
超度了我所有经历
怎么会有这样的艳遇
即使有也不是我所能碰到

见了你就着了魔
没什么野兽可以抗拒
你是最凶猛的美丽
你是大海汹涌的喝醉
加到了我身上

你把我带到人世之外
时间之外
真是个意外
灵魂出轨
意乱痴迷

我又回来了

归去
迷失在那片草甸
莽莽茫茫

给孩子安装未来

——中国式教育

储藏室里堆满了生锈的音乐
半生不熟的英语
岩石般坚硬的画笔
瘪肚的足球
长毛的钢琴
灰尘封锁的书法字帖

陈旧的物架上
挤满了梦的狂野
曾经的主人享受过
犯人一样的待遇
袖子里藏着火箭
从无奈的时空逃离

长大的孩子
做了工人,做了营业员
做了农民的

在父母眼里
他们都是星空里跌倒的龙凤
是从理想的宝座上
摔下来的贬谪贵族
背负沉重离家的孩子继续艰难
甩掉包袱的孩子
脚步轻健自在

放得下
走得快
别在乎
相对浩瀚的宇宙
我们都是孩子

秋叶的记忆

春天发芽
夏天云蒸霞蔚
秋天霜红
四分之三的时光
陪着成长走过
季节的磨难和兴奋

为大地喝彩
为鲜花撑伞
为鸟虫挡雨
为过往的人们遮阴
现在
筋疲力尽
红红火火地飘落、躺下
为了另一次的美好
在冬天准备春天的温床

堂　皇

天空飘来的扭曲
一支拐杖扔在磨盘上
夜不知道
第二天来临
是否还有黑暗继续

勉强抬起头
对长天啼叫
几声喑哑

腿脚决定路程
无法和心愿协调

山头上掉下几滴
浅黄色的老雨
风干的树梢
焦化了星星的脚印
叹息流成一条河

抽走了激流
浪花不过是昨天的影子
云彩总要上天
空洞的山林属于隐士
这也没办法

我们决定不了什么
觉悟的后果
我们只属于世界
来不能自由来
走不能自由走

政治的真谛在于
说了很多套话
字里行间的意思
不能明说
其实政治很庸俗
政治的高贵在于
堂皇

星球计划

让风做一道拉索
送我上云端
江山百万里
任我消享

心中有春江风自顺
心中有大海帆自扬
风浪把远航助推
大雪把风景遮盖
走出山谷
自由的歌声欢腾

要为地球寻找最舒适的轨道
冰雪不冷风雨不暴
南方下雪
北方长咖啡
无需兴师动众
远距劳顿

风景像翻书一样变换
江河均布
一年四季沧海桑田
火车炼铁
铁道部改成纪念馆
只对历史说话
飞机当玩具
只做到给人一种飞的感觉
旅游自动绝迹
如果出行
同季或可过两次之多
自在家门有远方

再找几个小行星
绑在地球上
但务必计划生育
否则还是装不下

让一千万棵大树
长到星月的高度
枝干间安装安闲小屋
我要去寻找更美的嫦娥

干哈媳妇

水柔和无色
所以色入浸而易染

人语也借同染色的道理
语言传染的效果取决于
哪种方言更接近普通话
红色的显现度高于白色
红色传染强度更高

小袁姑娘
五年前嫁给东北小乔
今早发现她能两手指
同时触碰两层电梯按钮
引出我的联想
说她作为一名会计可以学会双手打算盘
现在有计算机
学那玩意干哈
我的妈呀满嘴东北话

这位陕西姑娘的口语
被传染的度数至少六十度啊

水一样清澈的姑娘
地道的东北媳妇
我用乡情拥抱你

石头记

不烂的历史
埋起来的记录
人类最早
用形状表达久远的时代

石头,不可或缺的石头
家园的支柱
大陆和海岸的框格
地球的骨架
以不朽的性格
保藏着不流眼泪的悲情
以无怨的沉默
承托着岁月的碾轧
以站立的姿势
纪念着前世的思想
后世的理想

留在上面的刻痕

长久地保持着原有的风貌

也是鲜活的生命
也是告白
在痛苦的蹂躏中
述说着别人的深情

岁月的磨蚀
青苔用万年亿年的工夫
想咬残的坚强
从未动摇
任水流冲刷磨光了额头
闪烁的光亮告诉水
把你的分子摔碎
侍弄我的玉肌

用刻凿的方式
安装思想、表情
安静的沉重和
恒久的沉默
表达影响
影响后世的行为、情感

记住了凝练的语句
也记住了无聊

记住了风雨
记住了太阳的年龄
记住了月亮的轨迹
记住了撕心的不朽
昭示人民的公祭
方向、历程
生活的颤音

水

水到哪里去了
H_2O飞了吗

水的妈妈在哪里
水变成轻量的气雾
随风而去
上天做云
落地为雨
自古以来
没人知道水的母亲是谁
水是生命的守护神
可她并不知道自己的妈妈在哪里
没有水
地球将化作一堆乱石
荒芜的裸地

水虽然柔弱
随状就形

但它却是生命和风景的支座
流动，腾飞，滴落，咆哮
一颗永动的心跳荡在
大自然的脉搏里

水呀，人类之母
恩重于山
情大于天
把命交给你
把心里话说给你

水，大地和天空之间
神秘的画笔
春天描花
夏日铺绿
秋天喷红
冬日吐白
风采万千
美是不败的主题

水，大地和天空之间
勤快的保洁师
拉下天上的阴霾
冲走地上的污浊

别跟水过不去
她会放倒一切障碍
奔向大海
别把水弄脏了
她会用循环的方式
进入危险的领域
与水为盟
心淡神清
与水为友
宁静致远

风　筝

一个颠倒的时代
孩子的玩具转到爷爷的手里

原来放飞的是探寻和童趣
现在是空洞的叹息
和对无聊的宣泄

荒 火

红焰开过
草原黑了
黑色的大地
更符合夜的心思

那原来要交给羊群消化的过程
变得简单短暂
找不到起源的古老现象
再次重复

好几年的积蓄
没舍得给羊群逍遥
你可以站直了腰杆
大声说
明天会长出更加繁茂的苍翠

一道硬伤
修复期到明天的明天

才刚开始
但愿烧掉的是沉疴

酒　吧

在夜生活的据点
把生活交给夜晚
酒和暗光能稀释沉重的阻塞
给太刺眼的亮加点黑
调剂淤积的仓储

倾倒垃圾的公共墓地

埋葬需要死亡的鄙陋
舍弃停废的悲伤

找一找吻合的对话
有没有知温达意的契机

麦 地

冬小麦
青柏树
树下都有死魂灵
给土地站岗
为子孙守望
也不白守望
祖祖辈辈少吃好多馍
兴许还有无声无容的祝福

冬小麦
本是绿色的草
长白面的草
我看到
满地翻滚的馒头
和面包

表　妹

纳兰性德其实没表妹
只依词中考
词中握香荑
只有表妹行
旧时文路
表姐表妹情多劫

社会女子桂中藏
表亲家可进
亦能机可契

纳兰情
一半在清朝
一半在唐宋

握 手

生命是一首诗或者不止
请让我靠近你
我替你写出来
我们握手
今天开始
彼此认识
视为朋友
当作兄弟姐妹
把命运的细节
搭在一块儿
我上天入地去寻找的东西
就在你每天的细节里
如能搭把手
哪怕是那些婆婆妈妈
我都视若珍宝

躲　悬

陈年陋习太久
一时难改
要是当代人
就到天上、月上
找自己的碑
干吗老在这拥挤的地上
打转转

可惜我
是若干世纪以前的人
不在你的系列
关于地面上的争吵和热闹
听听看看就得了

父 亲

日积月累
建巢垒窝
山和海
草木天地
装满了爱的仓库
打开它
随便拿

因为爱
倒下去再站起
我走了
谁管你们
爱是永恒的责任

胸残破，那是拼搏的创伤
心憔悴，那是惦念的折磨

步伐零乱

脚抬不高
再也走不出原来的潇洒
女儿泪涟
女儿心伤
我什么都不要
只要你回到昨天
爬上大槐树
给我采回槐花香

等着采撷今早太阳的光芒
把你经年累月的爱照亮拾取
制成儿女们前行的路标

古 贵

诗人和英雄一样
死后才能发出光芒
这如同埋在地下的舍利
越久越神
越久越光亮

用不着抱怨
谁也不能免俗
海子容忍不了世界
选择自杀逃避
是带血的最高情怀
是感天动地的
死所表达的境界
唤起一种带动
带着突兀的感泣的欣赏

屈原、贾谊
皆在死后著名千古

贾谊忧国而
无顾掌国者与创国者的眉眼
不为当世容
只留后世尊
屈原不投汨罗江
纪念的粽子投往何处?

过 年

过年
头两天就是喘口气
后几天闲来闲去地一顿穷玩
觉都睡不好
比平时累多了
过完年运运气
浑身没劲

新年的钟声
告诉你
过去的就那样了
新的一年更要那啥怎么怎么的

这点事,整了一个月
吃饱了
喝足了
年过懒了
年过傻了

末了
啥都忘了

理 由

海洋
地球上最大的坑
从来没缺过水
要想赶走那水
坑得自己鼓起
跟地平线看齐
这给了我无法抗拒的等待
为这
我还要活下去

另一种节俭

传说宁可饿三天
也要穿美服的哈尔滨女人
把美丽当作生命的浪不溜丢
那个劲儿
既有东方莫斯科的洋气
也有北方冰城的浪漫
更有东北娘们的风情万种
她们是黑龙江的市容
她们是雪乡的一道风景线

客户来了
一位美丽的职业女性
满脸满身的风情
优雅大方的风度
午饭
请吃比萨不必
请吃牛排不饿
晚饭

请吃小鸡炖蘑菇吃光
半斤"北大荒"喝光
还抽了两支女士香烟
酒后吐真言
却原来
口红太贵
白天吃饭浪费
晚上卸妆吃饱喝醉
不仅可以而且能够养颜宜睡

一个初二学生的心路历程

年终考试结束了
分数代表过年的心情
跟压岁钱也是挂钩的

班级乃至全校排名说明
前路有障碍
后路有垫背
还好
总比
前路茫茫不知何处去
后路凄凄无所依
好

可以想开点
想明白了
都是老师的问题
比我好的是自学的
比我差的是不学的

只有我才是老师的好学生
每天听讲教啥学啥
我的成绩是老师教学的真水平
如果没考好,师之过

劝娘不要生二胎
俗话说得好
黄鼠狼下"豆杵子"
一窝不如一窝
根据我一贯的表现
还有你和我爸的情况,很明显
花落瓣,树弯腰
耷拉膀子的鸡
掉腰子的猪
瞅瞅你们那破样子
还能整出啥产品
我不行,就一个
咋招也不能太"二"喽

等待樱花林的苏醒

走过樱花林
一阵阵的回忆
如冰下的河流涌动

樱林在冬天里光露的身体
没花没叶
像秃头的没有着装的模特
像化疗后休病的女人

你曾经是春天烂漫的少女
现在见到你
才知道美需要等待
而等待如此漫长熬人

去年樱下牵手时
春花着意两相随
春花变成你花衣
花中人样与花同

如今花去人移远
手抚花枝忆温情
但愿得
满树繁丽尽早归

没什么理由

山那边有一声声呼唤
你没过去
海那边有一次次招手
你没回应
日升起有一片帆
你不去归附
月圆时嫦娥下来过
想挽你的手
你缩了回去

当一切都归于不再时
你已经老了

别人都埋怨你
错过了辉煌
你真实、自我
淡定是你的外套和内心

站在新年的街口

站在新年的街口
道一声祝福
我的老朋友
你是今晚明静的星光
照亮明天的行路

说一声新年好
我的老哥们
把一年的激动与你分享
争取在钟声敲响之前
给回忆画上句号
因为更重要的是
展望新的未来

道一声珍重
我的老同学
你是今晚的除夕
天各一方啊

天南海北

同一个时刻

同一个旋律

同一首歌

同过一个年

我们一同过年

我想我只做你的筷子

把好吃好喝的按照你身体的情况

尽可能多地送到你欢乐的山谷

年味滋味还有岁月的陈酿

还有属于我们那个时代共同的彷徨

以及走到今天的坚定

站在新年的街口

喊一声我想你

如果你听到了

把"我也……"

送进风里

只要一丁点暗示

哪怕是大海上一片飘叶

都是我心中即将解冻的黄河

站在新年的街口

以直播的方式

伴着午夜的钟声

唱响今年的主题
我爱你
朋友
我爱你
世界
感谢你
因为有你
我的新的一岁很充实
我的新的一岁很踏实
我的新的一岁很有意义
你是今晚最动听的歌
你是今晚最迷人的秀
你是今晚最讲究的年夜饭
你是今晚最有情感的诗
你是我今年周游的车票
你是我即将启程的笛鸣

再道一声珍重吧
朋友
我们的相约才刚刚开始
我们的队伍才刚刚集结
那许多许多的欢乐
等待我们采撷的鲜花
叫人们按捺不住癫狂的
非洲原野

亚马孙丛林
北极的永冻层
南极的企鹅
还有中国的北大荒
向你发出新年的邀请
明天早晨
新的朝阳会牵着你的手
走向新生活的灿烂

啊，朋友
我爱你
我郑重承诺
这不是一句空话

昨夜的电视剧

昨夜的电视剧《将婚姻进行到底》
演绎了现代人的
信任观和信任感
危机四伏
只有那些条件贫弱的人
或者"呆傻"的人
反而幸福多多

居然为自己虚构的欺骗
流尽了海量眼泪
现代人
轻信，易怒
没有诗意的生活
也能多愁善感

自己把自己大把的时光
浪费在彼此的考验
无用的侦察密探里

对别人的缺点万分牵挂

内心缺少清泉的人
登上高山也看不到
溪水淙淙
胸中没有旺盛的火焰的人
即便在夏天三伏
也一样冰冷
胸怀灯塔不亮
身处汪洋
走进死海

现代人
还挣扎在一个过渡期
文化的过去与现代的碰撞
进程的磨合到完善
如同万里长征
愿尽快找到现代立足点
才有灵魂的安宁

不代表没有

一切都是有声音的
就算一粒土
也会砸响大地
你听不到
不代表没有
一粒土再小
也能把大地砸出坑
你看不到
不代表没有

树是雨的钢琴
草把声音留给了风
亿万个发出的声音
代表生命的张力
代表成长的历程

声音表现阻碍
汽车行走获得了风

风是车被空气碰撞的反弹
雨打在窗上
敲醒了玻璃的梦
因为雨滴继续下落的动作被阻挡

不可以蔑视存在
存在永恒

初 发

今天全国放炮
由于环境的压力
鞭炮没放透
但我仍然感觉到
炮声要撕开冻凝的土地
禁锢的网像酥了的冰
用破裂和折断回应
春天的炮声

初一
有一缕更猛烈的阳光照耀
一个有所不同不平凡的新年
不计较心情好坏地开始啦
昆仑山踩着雅鲁藏布江的脚步
走到秦岭看看南北分界线
是否清晰
她比我们迫不及待
黑龙江跑到三亚问问

那么多老乡到海南吃酸菜
连点冰渣子都没有
不对味
搁这嘎达待着干哈
死热死热地中午不敢出门
塔克拉玛干大沙漠
来到东海之滨后悔当初
当初沧海和桑田划分地盘闹意见
桑田赌气扔出去几块破地
安慰沧海本来很大还斤斤计较地贪婪
权当喂狗
没想到这几块破地不省心
再这样
我和东海换位

河流的翅膀已经打开
杨柳抬起头
撩去淑女的羞涩
川江上代替号子的汽笛
鸣叫声声
高山的头颅已经昂起
新年的气象
新年的音律
青年人快醒醒
慢了照样赶不上

老年人早点动
老了不是理由
老人越来越多
谁惯着谁呀
慢了就是等死

初一
画一条线
过去结束
今天开始
向着新目标
出发

你的幸福,别人的累

初一的大早
三个环卫工人
沉重的手推车上
"美化家园"四个字好醒目
他们一路收起带"奠"字烧纸钱的盒子
一大摞,颤巍巍的
他们吃力地前行

为城市的清洁
为几千年阴阳两界的过年
环卫工比祭祀的人更累

我是生活的记录员

我是生活的记录员
我的同事,我的同学
都能在我的诗里找到最详尽的
他们几乎忘记的光阴
我的人民能读出时代和历史的同感

那些岁月的留痕
那曾经发生的久远的童趣、学乐、考难
文凭苦读,刻苦求生
还有
鲜花盛开
阳光照耀的未来
向思想深处进发
在更加宽广的境地
找到人和自然的情理

总之
我是生活的记录员

来我这里
进入我的诗行
理一理
我和你
有多少感触的碰撞点
火星四迸
照亮再新的港湾

字里行间跳动着自己的"心电图"

——《阵地文丛》总跋

白 麟

又是深秋,叶子红过之后开始纷飞,万物就要尘埃落定,只等大雪为勤快的一年封口。

这多像我们匆促的青春,许多事情还没顾及,就被风一吹而散。人生或许就是这样,让你猝不及防!到了一定时间小结甚至总结一下,就显得很有必要——

给自己出本书不妨是一个美好的选择。去年这个时候,我纠集了一帮宝鸡诗人陈泯、范宗科、武岐省、荒原子、牟小兵、秦舟、柏相、魏娜、王金辉、庄波,冒冒失失地编排出版了第一套《阵地诗丛》(11种),手忙脚乱、力不从心,却也算是吹响了新世纪宝鸡诗人集体出征的"集结号",成就了宝鸡本土第一套公开出版的诗丛。有了经验垫背,今年第二套《阵地文丛》的编印就感觉从容淡定多了。

承蒙大家多年信任继续加盟"阵地",这次《阵地文丛》还是11种。其中散文集7种,张占勤的《挑灯夜话》、赵洁的《花开半夏》、闫瑾的《我们在一起》、狄江平的《一城江山》、唐志强的《风从周原来》、杨烨琼的《乡风呓语》、车丽丽的《愿我们总能被温柔相待》;小说集2种,朱百强的中短篇合集《梦中的格桑花——朱百强新农村故事系列作品选》、姚伟的小小说集《爱的拼图》；诗集2种，寇明虎的《岁月印痕》、赶阔的《天地遥迢》。虽说杂一些却种类齐全、颇具规模。跟去年一样，这套文丛中的绝大多数作者是第一次结集，有些业余写了一辈子，出书是夙愿更多也是希望给自己和家人一个交代。但这有意无意间却展示了新世纪宝鸡文学的潜力！

春华秋实，水到渠成。从风华少年一直到花甲苍生，五味人生各有各的体味。流年飞度，万事虚浮，字里行间那跳动着的其实是自己的"心电图"，记录着各自的"情感档案"，当然值得保存。

不辜负韶华，也不辜负众望，这套书权且是人生大书中夹带的书签，慢下来翻阅一下自己的光阴故事，还是蛮有成就感的吧。

正逢路遥逝世25周年的忌日，草草写下简陋的文字以示纪念。想想也是，在人世间留下的就剩他的文字了。最后借用时下一句流行语作为文丛的总跋：不忘初心，继续前进！

2017年11月17日

（白麟：诗人、词作家、文化策划撰稿人，系中国作家协会会员，陕西省职工作协诗歌委员会主任，宝鸡市职工作协主席。）